L'HYMNE

DE LA PAIX.

CHANTEE

PAR TOVTE

LA FRANCE.

Par les Laboureurs, Vignerons, & autres Payſans
qui l'habitent.

Pour l'aſſeurance qu'il ont maintenant,
de paiſiblement recueillir les fruicts
de leurs labeurs.

A PARIS,

De l'Imprimerie d'Anthoine du Brueil, ruë
S. Iacques, au deſſus de S. Benoiſt,
à la Couronne.

M. DC. XIV.

L'HYMNE
DE LA PAIX
CHANTEE
PAR TOVTE
la France.

Par les Laboureurs Vignerons, & autres
Paysans qui l'habitent.

Pour l'asseurance qu'ils ont maintenant, de paisiblement recueillir les fruicts de leurs
labeurs.

On Dieu? qu'est-ce que i'en-
tens.
Retentir parmy la ruë
Qui rend mes esprits contens,
Par vne ioye incognuë,
Ie sens mon œil escarté
Dans vne viue clarté,

Qui de cent couleurs rayonne,
Et de mille Luths ioyeux
Le discord melodieux,
Dans mes oreilles resonne.

I'entre voy par l'air serein
Vne pucelle diuine,
Qui couure d'vn blanc satin
L'albastre de sa poitrine,
De Laurier vn cercle rond
Luy verdoye sur le front,
Estoille de gloire viue,
Cent fleurs luy musquent le sein,
Et dans l'enclos de son poin
Paroist vn rameau d'Oliue.

Desia à mon iugement,
Ie cognoy ceste Princesse,
Qui du vouté firmament
Sur nostre terre s'abaisse,
C'est ceste amiable Paix
Qui par nos ardens souhaits,

Du ciel auons arrachee,
Ou poursuiuie iadis
Dans l'Enclos de Paradis,
La belle s'estoit cachee.

D'en haut elle regardoit
La fureur ensanglantee,
Qui desia se preparoit
Par la discorde enfantee :
Et descouurant nos douleurs,
Fondoit en ameres pleurs
Sa tristesse coustumiere,
Soit que le Soleil leuast,
Ou bien soit qu'il abreuast
Les cheuaux de sa litiere.

En fin apres tant d'ennuis,
Cy qui est du Ciel portiere :
Desuerroüilla le sainct huys,
A vne blesme priere,
Qui de France auoit volé
Iusqu'à l'Empire Estoillé,

Au nom du fils de la Vierge
Requerir à Dieu la paix,
Et qu'il luy plut deformais,
Ratacher sa dure verge.

Alors celuy qui tout voit
Ayant la priere ouye,
Que son fils luy presentoit
Auquel rien il ne desnie,
A grace tout incité
Appella neceßité,
Neceßité ce rude Ange
Qui courant franc de lien
Ne trouue en ce monde rien,
Que sous sa force il ne range.

Ange, dit-il, sus auant
Eslance toy contre terre
Dessus les aisles du vent,
Et m'empoigne ceste guerre,
Pour la trayner aux enfers :
Frappant à tors & trauers,

Romps luy de coups la ceruelle,
Et l'enchaisne estroictement
Contre vn roc de diamant,
Dessous l'vne & l'autre aisselle.

Puis tournant à droit ses yeux,
Paix fille que i'ay laissee,
A mes amis bien-heureux,
Qui l'ont tousiours caressee,
Qu'on descende hastiuement
Vers ce peuple durement,
Trauaillé pour ton absence :
De l'aiguille de pitié
Va recoudre l'amitié,
Des petits dieux de la France.

Si tost ne volle le trait
Qu'vn arc bien courbé descoche,
Et si tost biche ne faict
Sa cource de roche en roche,
Que du pere de bonté
Fut faicte la volonté,

Par l'Ange, & par la pucelle :
Fuyez doncques garnisons,
Retournez en vos maisons
Chacun vuider vostre escuelle.

Puis que le iour gracieux
Est venu, qui tout esgaye,
De son vnguent precieux
Veut adoucir nostre playe :
Nous amenant auec soy
Charité Concorde, & Foy,
Coiffees de fleurs nouuelles,
Et d'elles tout à l'entour
Voltige le bel Amour,
Auec les graces iumelles.

Sus, sus, doncques hastons nous,
Peuples venez, & qu'on rie :
Chacun se mette à genoux,
Et que Dieu on loüe & prie,
Car peuple, c'est le deuoir,
Pour dignement receuoir

Ces

Ces sœurs de celeste race,
Que le souuerain decret,
De nos maux ayant regret,
Nous enuoye de sa grace.

O mignonne de Dieu Paix,
Paix, des meschans incogneuë,
Tu sois, tu sois à iamais
En France la bien-venuë:
Nous t'apprestons vn autel
D'vn beau pardon immortel,
Ou te ferons sacrifice
De Hayne, & quatre Heraux,
En accoustremens Royaux,
Celebreront ton seruice.

Car tout bien nous vient de toy,
Et par ta douce puissance
France recognoist son Roy,
Et le Roy cognoist sa France:
Et par toy ses fauoris,
Changeant leurs menaces en ris

Reprendront leur parentage,
Et changeront leurs combats
En auant coureurs esbats,
D'vn illustre mariage.

La superbe garnison
Par toy sortira des villes,
Qui detenoit en prison
Les Citoyens trop seruiles,
Et par toy seront les champs
Tous vuides de mal-contens,
Par ta faueur deliuree
Asseurant les Laboureurs,
Qui auoit par leurs sueurs
Ia la terre labouree.

Par toy le vieillard lassé
Verra sa femme fidelle,
Qui le tenant embrassé
D'vne plaintiue querelle,
Luy contera les ennuys
Qu'elle a souffert iours & nuicts,

Pour son ennuyeuse absence,
Et en ces petits discours
Raieuniront leurs amours,
D'vsuraire iouyssance.

Par toy les vierges iront
Par les iardins delectables,
Que sans soupçon conduiront
Des Iouuanceaux amiables,
Et ioüant sous les bosquets,
Ouuragerons des bouquets
Les donnant pour vn seur gage
D'vn Amour, vray & secret,
Qui prepare le doux ret
D'vn desiré mariage.

Par toy Iustice aux clos yeux
Redressera sa balance,
Donnant peine aux vitieux
Et aux simples asseurance :
Par toy l'Eglise fera
Que Dieu seul presché sera,

Et par toy les mechaniques,
Feront ſi bien leur meſtier,
Que iamais le tauernier
N'appauurirons leurs boutiques.

A ceſt heure le Payſant
Encor' reprendra courage,
Et fera mieux que deuant
Son penible labourage :
Se ſeruant des corcelets
Pour chaſſer les oyſelets,
Qui vont manger la ſemaille,
Pendant que ſa Marion
Fera dans vn morion,
Pondre ſa graſſe poulaille.

O paix, mere de tous biens,
Ie ne peux dire ne taire
Combien ſont grands les moyens,
Que tu as de nous bien faire :
Tu reſſemble au Soleil,
Qui par ſon retour vermeil

Resiouyt la creature,
Chassant la triste moiteur,
Et la tristesse, & la peur,
Filles de la nuict obscure.

Tu fais les herbes fleurir,
Par ton œillade gentille :
Tu fais les arbres meurir,
Et rends la vigne fertille;
Tu appaises dans les cieux,
L'orage mallencontreux,
Bridant l'horrible tempeste :
Tu accordes les saisons,
Et fais l'air ou nous viuons
Esgayer sur nostre teste.

Tu fais nicher aux oyseaux
Le fruict de leurs amourettes :
Tu accoises les ruisseaux,
Et les bois hostes des bestes,
Tu fais les vaisseaux ramer
Parmy l'azur de la mer,

Sans que son grand frond se vide :
Bref, par toy tout bien du Ciel
Comme rosee de miel,
Distille par l'air liquide.

O qu'à iamais entre nous
Ce nouueau bon-heur conuerse,
Chassant discord & couroux
Contre le Turc, & le Perse :
Pour leur debat enuielly,
De Homar, & de Hailly,
Ou de Zagatas horrible,
Qui se disant Cacebas,
Garde au Sophy Enselbas,
Vne inimitié terrible.

Que nostre discord hautain,
Face à Mahomet outrage,
Et mette le nom Chrestien
Le premier en aduantage,
Et que cil qui le premier
Nous voudra des-alier,

Pour par noſtre mal s'accroiſtre,
Ait de ſon ambition
Du Ciel la punition,
Affin de ſe recognoiſtre.

Que cil qui oſant s'armer
Encontre la paix ſi bonne,
Et qui ne voudra aymer,
Noſtre Françoiſe couronne,
Que l'ire du Dieu viuant
L'aille touſiours pourſuiuant,
Qu'vne crainte miſerable,
Le bourelle iours & nuicts,
Et qu'en ſes plus grands ennuis,
Nul ne luy ſoit ſecourable.

N.